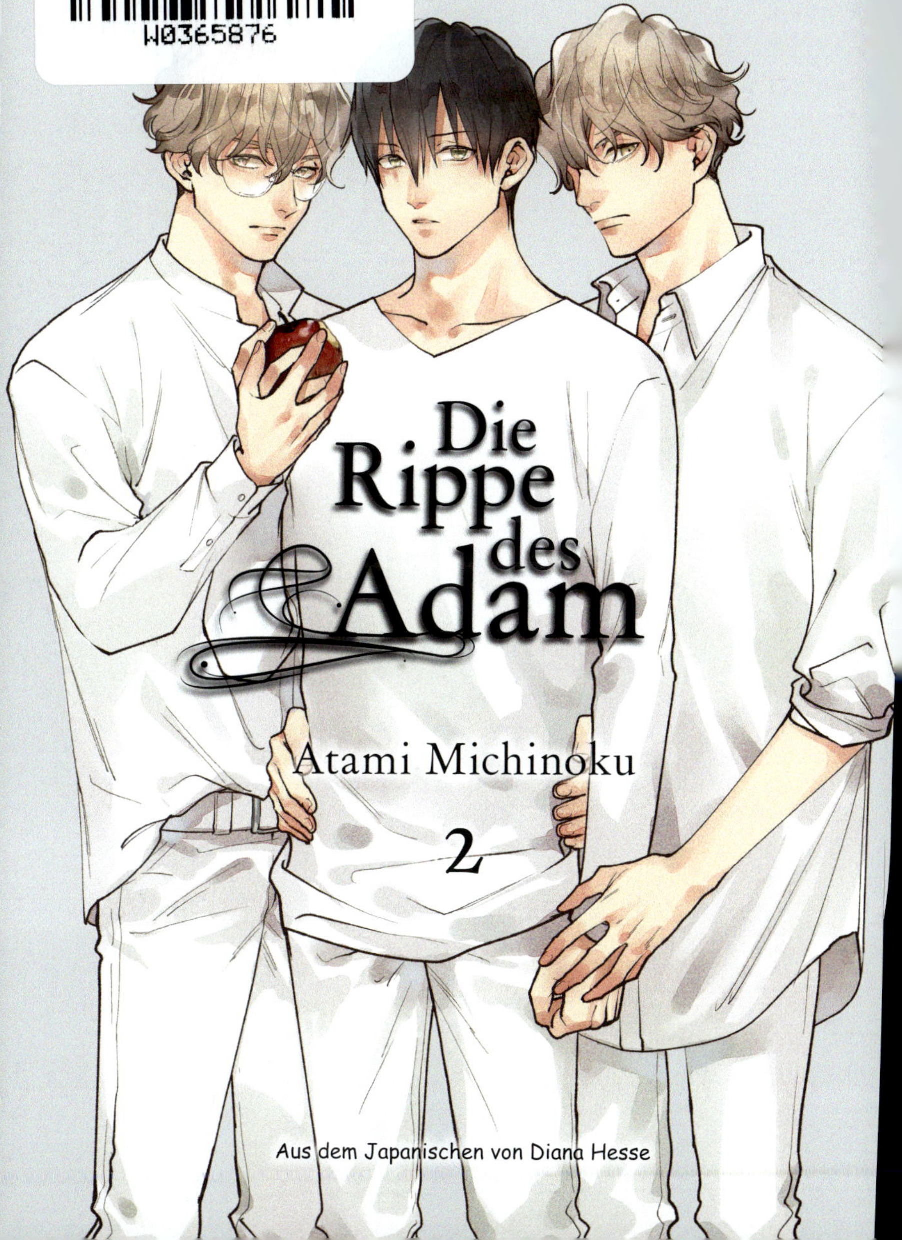

Die Rippe des Adam

Atami Michinoku

2

Aus dem Japanischen von Diana Hesse

Die Rippe des Adam

Inhalt

Anamnesebogen
Persönliche Daten
Name: Kazuha Shikiori (Rei ist eine andere Persönlichkeit?)
Adresse: PLZ 279 - 0031 Präfektur Chiba
Geschlecht
M/W
Datum
Geburtsdatum
7.7.1993, Alter: 26
Telefonnummer
Handynummer
1. Seit wann haben Sie derartige
Dann beginnen wir jetzt mit der Anamnese.
Bitte beschreib mir erst einmal deine Sympto-me und erzähl mir von deiner Kindheit.
Meine Kindheit…
In Ordnung.

Kapitel 6

Mama, ich hab Hunger...
Da drüben steht was zu essen. Nimm dir einfach was.
BIEP BIEP BIEP BIEP

KLAPP
Meine Güte, wie der nervt.
Warum musste ich so einen Quälgeist zur Welt bringen?
MOTZ
MOTZ
Ich habe so einen Hunger...
Was ist denn mit dir los? Weinst du schon wieder?

Wieder ...?
Neulich hast du auch hier gesessen und geweint.
Ich heiße Yuma! Hör auf zu weinen! Lass uns lieber spielen!
...

!
Schaffst du das?
Yuma...
NICK
Ungefähr seit damals habe ich Erinnerungs-lücken und es gab Widersprüche mit meinem Umfeld. Ich glaube, das waren die ersten Symptome.
Etwa zur selben Zeit hat sich meine Mutter aus dem Staub gemacht und ich kam zu meinem Vater. Nachdem er dann aber eine neue Frau fand, bin ich eigene Wege gegangen.
Er hat mich finanziell unter-stützt, sodass ich zumindest ein normales Leben führen konnte, aber ich hatte andauernd Ge-dächtnislücken.
Auch heute, wo ich auf eigenen Beinen stehe, hat sich das nicht ge-ändert.

Hm...
Ver-
stehe...
Stimmt ja... So war das!
Wenn ich mich recht entsinne, hat Kazuha damals immer geweint.
Darum wollte ich wieder zurück.
Nanu? Wo steckt Yuma?
Yuma? Ich dachte, der ist raus, spielen.
Was denkt der sich! Wir sind noch nicht mal mit Auspacken fertig!
Ruhig Blut. Er kommt bestimmt bald zurück.

TAPP
TAPP
TAPP
Ich muss zu ihm zurück!
Hah...
Hah...
Ich schaff das! Sogar Hunde finden den Weg nach Hause!
Bestimmt weint er...
... wieder ganz alleine.
Dann habe ich mich ver-laufen...
... und als ich gefunden wurde, hatte ich einen Hitzschlag.
Was machst du denn für Sachen?!
Ich war mehrere Tage ans Bett ge-fesselt.

Endlich erinnere ich mich wieder...
Wie konnte ich das nur vergessen?
Es tut mir leid, Rei und Kazuha...
TOCK
Gut. Eine Frage habe ich noch.
Bist du die Kernpersönlichkeit?
!

Ja...
!!
Kazuha ist... die Kernpersönlichkeit?!
Ich war mir sicher...
Wieso bringt mich das so aus der Fassung? Kazuha und Rei sind doch derselbe Mensch.

Okay. Also, Kazuha…
Yuma hat mir erzählt, dass eine deiner Persönlichkeiten verschwunden sei.
Ja.
Ist dir das selbst bewusst?
Ich habe keine Erinnerungen, wenn eine andere übernimmt, aber ich spüre ihre Präsenz, daher weiß ich es.
Die Persönlichkeit des Mädchens ist verschwunden.
Verstehe.
Dann darf ich davon ausgehen, dass du hergekommen bist, weil du geheilt werden möchtest?
Das wäre wohl zu viel verlangt.
Es würde mir schon reichen, wenn die anderen Persönlichkeiten nicht mehr hervortreten.

Das heißt... auch Rei nicht mehr?
Aber...!!
Na ja, aus Kazuhas Sicht ist das wahrscheinlich das Beste, aber...
Dass sie nicht mehr hervortreten also...
Zunächst sollten wir deine Psyche stabilisieren.
Ich verschreibe dir ein angstlösendes Mittel...
... und Therapiestunden.
Ach ja...
Vorher solltest du noch etwas wissen.
Yuma, komm mal kurz her!
?
Was ist?
Egal, komm her!

ZIEH
Wah?!
Hepp!
Wa...?!

Wa...Wa... Wa...Was machst du da?! Lass mich runter!
Das ist peinlich!
Nur nicht so schüchtern!
Früher haben wir oft so gekuschelt, weißt du noch?
Wie lange genau soll das her sein?!
Als kleiner Steppke hast du mich liebevoll »Koko!♡« gerufen und wolltest mich gar nicht mehr gehen lassen.
Mmmmh...♡
Uwaaa-aaah!!
He, was soll das werden?!
Hä...?

!
ZERR
GRAP
Rei...
Na, schau...
... mal da.

Sie sind doch dieser Psychiater.
Und du bist Rei, nehme ich an?
Was geht denn hier vor?
Entschuldige, dass wir dich überrascht haben. Ich bin zusammen mit Kazuha her-gekommen.
Tsk!
Dieser Idiot...!

Das heißt, wir sind in…?
Richtig. Das hier ist meine Praxis.
Ich habe Yuma gebeten, mit dir herzukommen.
H…Hör mal, Rei…
Wir gehen!
Was?
Ah…! Warte!
BADAMMM!
Yuma ist also tatsächlich der Schlüssel…

Rei,
hör
mal...
Hatte
ich dir nicht
gesagt, dass
ich keine
Behandlung
möchte?
Er spricht
kein Wort
mehr...
Uh...

Oder hast du mich als Ausrede benutzt, weil du diesen Arzt sehen wolltest?
Wie bitte?!
Ich hör wohl nicht recht!
Ko ist mein Cousin!
Ich bin der kluge und gutaussehende Cousin...
der Yuma kein Stück ähnelt. ☆
Er ist dein Cousin?!
Der Typ?
Genau!
Ich hab ja versucht, dir zu erklären, dass er nur rumgeblödelt hat!
Du denkst, er würde nur Spaß machen...?
Tut mir wirklich leid, dass ich deinen Wunsch ignoriert habe und dich zu ihm gebracht habe.
Aber was hätte ich denn tun sollen? Mutsumi ist aus heiterem Himmel verschwunden und ich hatte keine Ahnung, was in so einer Situation das Beste ist!
Ganz sicher nicht, mit so einem Typen zu flirten!
Fängst du schon wieder damit an?! Das stimmt nicht!

Jetzt mal Spaß beiseite...
Hast du befürchtet, ich könnte auch verschwinden?
Hä...?
Oder wolltest du meine Krankheit heilen, damit ich verschwinde?
Nein...!
Das war nicht meine Absicht!
»Es würde mir schon reichen, wenn die anderen Persönlichkeiten nicht mehr hervortreten.«
Ich...
Ich will nicht, dass du verschwindest!

Tut mir leid. Ich habe es übertrieben.
Mach nicht so ein Gesicht!
Re...
Mh...
Mh...
Uh...
SCHMATZ
...
SCHMATZ

Huff...
Mh...
Hah...
Rei...
KÜSS
KÜSS
Hah...
Huff ...
Hah...
ZUCK
GRABSCH

Schon wieder mein Hintern...?
Hör... auf...!
Wieder?
Oh...
Hat dich irgendjemand hier befummelt?
PACK
Wah!
Na ja... Also... Ähm...
War das etwa Kazuha?!
...
WUSCH
BATSCH
Autsch!!!

SCH
WUPP
!!!
He...!
Re...Re... Re...Re... Re...Rei?!
Was hast du vor...?!
Halt ...!
SCHLECK

SCHOCK
LECK
LECK
LECK
I...Ich glaub's nicht!
Rei leckt an meinem Poloch!
He, Rei!
Hör auf...!
FLUTSCH
Haaa... ♡
SCHAUDER
Huff...
TSCHUPP
Huff...
Nein...
TSCHUPP
Ni...
TSCHUPP

SCHLECK
SCHLECK
BEB
ZUCK
Aah...!
ZUCK
BEB
Hah...
Hah...
Unglaub-lich... wie tief er mit seiner Zun-ge kommt...
Er er-kundet jeden Winkel...
Das halte ich nicht aus! Das ist zu peinlich!
Ich möchte im Boden versin-ken!
ZUCK
ZUCK
Hah...
Hah...
Ich sterbe, wenn er so weiter-macht!
Rei... Lass das...!
Uh...
Du sollst mich... nicht dort lecken...

Das ist doch schmutzig!!
STOPP
Hah... Hah...
WANK
!
Er hat aufgehört?
Re... Rei?
...
Ein Hintern...?

TORKEL
I...Ich habe doch nicht etwa...
... d...d... d...d... daran geleckt?!
Ah, ist das...
... womöglich...?
Doch...
FLITZ
Ah!
GURGEL GURGEL GURGEL GURGEL
GURGEL GURGEL GURGEL GURGEL
SPUCK

Bwääärks!!!
Ähm... Shiki? Das verletzt mich jetzt schon ein bisschen...
Ich bin hier derjenige, der zu leiden hat!
Hast ja recht...
Hach... Widerwärtig! Ihr Erwachsenen seid so schmutzig!
RUBBEL RUBBEL
Urgh...
Du hast doch damit angefangen, mich zu lecken!
RUTSCH
AH

べちんっ
BATSCH
DONK
I…
Ist alles okay?
Ein heftiger Knall…
WUPP
Betriebs-system lädt…
Wieso liege ich hier auf dem Bo-den…?
Haha…

Was ist los?
Kotaro, sieh dir das hier an!
Das ist ein Video aus dem Dream Park, in dem Yuma arbeitet. Jemand hat das gefilmt.
Ein Video?
MeTube
5:23 / 8:26
Dieser Mitarbeiter vom Dream Park hat 'nen Knall lol
Das, das gestern hochgeladen wurde?
Wäääääh!
Uwäääääh!
Kapitel 7

TAPP
TAPP
TAPP
Was hast du da nur angerichtet...?
HICKS
Mein Eis...!
HICKS
Was hast du denn, Haruto?
Buhu...
Ich bin mit dem Onkel zusammengestoßen... und jetzt ist mein Eis...
Buhu...
!
He! Wo willst du hin?!
Blöde Frage.
Meine Kleidung ist schmutzig, also gehe ich mich umziehen.
Was?!

PACK
Hast du keine Au-gen im Kopf?! Du siehst doch, dass mein Sohn weint!
WATSCH
Bitte fassen Sie mich nicht an!
GRRRR
Du mieser ...!
Was fällt dir ein, so mit einem Gast umzusprin-gen?!
!
ZERR

RAUN
?
RAUN
Was ist da los?
Prügeln die sich?
Ist das Rei?
Oder Kazuha?
Wobei mir der Gesichtsausdruck eher nach Shiki aussieht.
Warum streitet er sich...?
AUSHOL
Der wird doch nicht...?
!!
WHACK

RAUN
...
Hock da nicht auf dem Boden rum! Steh auf!
QUELL
Uh...
Buaawaaaaaaaah!!!
SCHRECK
?!
Buhuuu...
Wääääh...
Oh nein...
Itsuki ist hervorge-kommen!
Wääääh!

mir leid!
Es tut mir leid!
Es tut mir leid!
Es tut mir leid! Bitte nicht hauen!
Es tut mir leid!
Es tut mir leid!
Bitte nicht hauen! Es tut mir leid!
Es tut mir leid!
Es tut mir leid!
Es tut mir
SST
Was stimmt denn nicht mit de...?
!
DRÜCK

Es ist alles gut, Itsuki. Ich bin bei dir.
Ich beschütze dich.
Bist du das... Yu...?

...
Nanu...? Was hab ich...?
Ricky?
Rei ist wieder da!
FLÜSTER
Rei, hör zu! Du hast diesen Gast dort...
FLÜSTER
!
WAPP
Ich bitte vielmals um Verzeihung!
?!

Mein Verhalten Ihnen gegenüber war unangemessen...
Vergiss es!
Plötzlich anfangen zu flennen... Was bist du denn für ein komischer Vogel?
Ist ja abartig.
Gehen wir!
FLÜSTER
Rei, geht es dir gut?
Keine Sorge. Das bin ich gewohnt.

Rei...
...
TAPP
Rei!
DOSCH
Urgs!

Yu...
An so etwas musst du dich gar nicht gewöhnen!
Ich bin doch jetzt bei dir. Du kannst mich immer um Hilfe bitten!
KICHER

Danke…
MeTube
5:23 / 8:26
Dieser Mitarbeiter vom Dream Pa
all lol
Hmm…
Das läuft ja richtig aus dem Ruder…
Will er nun eine Therapie oder nicht?
Wenn, dann sollte er schnellstmöglich damit anfangen…
Und Yuma meinte, er würde sich bei mir melden, hat er aber nicht!
Hat er es vergessen?
Hat er.
SST

BATSCH
!
Nicht bei der Arbeit!
Wie oft denn noch?
...
Tsk.
PSCHAAAAA

PSCH
AAAA
»Ist ja abartig!«
...
»Ich bin doch jetzt bei dir. Du kannst mich immer um Hilfe bitten!«
Hff..

BAMM
QUIETSCH
Ich werde auf keinen Fall verschwin-den...!

KLACK
PADAMM
Rei!
Ist nach dem Vorfall vorhin alles gut gegangen?
Ja.
Hö...
Hör mal!
SRRT
Sorry, ich geh direkt schlafen.
Rei...

Also... Na ja...
Soll ich... heute bei dir schlafen?
Was sagst du?
Ich habe gefragt, ob ich heute...
... bei dir schlafen soll...
Heißt das, du willst Sex?
Quatsch!
UMDREH
Nicht? Was soll das dann?
Äh! Äh! Äääh!
Na gut, ja! Warum nicht?!

BLUSH
Wenn du willst... kannst du es so auffassen...
Ich will Rei in dem Zustand nicht allein lassen...
Hast du wieder Mitleid mit mir?
Mitleid?
Darauf kann ich verzichten.
Das ist es nicht...
Ich mag es einfach nicht, dich so zu sehen...
Warum?
Na ja... Du gehst mir eben nicht aus dem Kopf...

Wenn ich dir nicht aus dem Kopf gehe, heißt das, du liebst mich?
L… Lieben?! Also…
Wieso löchert er mich mit Fragen?
Du bist mir… unglaublich wichtig!
Ich erinnere mich wieder an früher.
!
Damals waren wir umgezogen, aber ich machte mir…
… Sorgen um dich, weil du immer geweint hast, und wollte zurück.
?
Dabei habe ich mich verlaufen. Ich hatte eine Heidenangst. Dadurch sind meine Erinnerungen komplett verputtt.

Es tut mir leid, dass ich dich vergessen hatte.
So war das also… Ich dachte, du würdest mich nicht mehr mögen und wäst einfach weggegangen.
Als ob ich dich hassen könnte!
Jetzt bin ich erleichtert.
Du sagtest, ich sei dir wichtig. Wichtiger als er?
Er?
Kazuha!
Ka…
Kazuha?!

Ähm... Kazuha ist mir auch wichtig!
Er gibt sich alle Mühe. Ich kann ihn nicht abweisen.
Du weißt schon!
Er ist eben, wie er ist... Ich meine... Mal ist er kleinlaut und mal forsch. Darin ähnelt ihr euch!
Ich will euch natürlich nicht in einen Topf werfen!
Ich konnte mich in dem Moment nicht entscheiden...
... denn sie sind mir beide wichtig...
Mit Kazuha zusammen zu sein beruhigt mich.
In Reis Gegenwart schlagt mein Herz höher.

Äääääh... Ich kann das nicht gut erklären...
Das ist mal wieder typisch Yuma.
Na gut. Für den Augenblick reicht mir das.
Sag mal, Rei...
Was ist?

Was, wenn wieder plötzlich Shiki übernimmt?
Ach…
Ich pass auf, dass das nicht passiert. So gut ich kann.
Das geht?
Mh…
Mh…
Huff…

LECK
Ah...
Hn...
GLEIT
N... Ah...
!
ZUCK
Ah!
Ah!
RUBB
Ah!
RUBB
RUBB
Ah!

Ah...
Rei...!
?!
ZUNK!
...
Uh...
Rei...?

ZOSCH
Wah! Kommen Sie mir nicht zu nahe!
Ah... Wusste ich es doch...
Sie sind wirklich eine treulose Tomate!
Na hör mal! Von wegen treulos! Ich schlafe doch nicht mit jedem, der nicht bei drei auf den Bäumen ist!
Pah!
Wem wollen Sie das weismachen?
Es stimmt aber! Einen anderen als dich würde ich nicht...
Das ist gelogen!
Diese Frau hat das auch behauptet und trotzdem ständig Männer angeschleppt!
Dabei ist sie Mutter!

Das ist ekel-haft!
Ekelhaft!
Ekelhaft!
Ah... Ich verstehe.
Das hat seine Persönlichkeit hervorge-bracht.
Beruhige dich erst mal...
BATSCH
Fassen Sie mich nicht an!

Beruhige dich, Shiki!
Jetzt hör mal zu!
Ich bin nicht wie deine Mutter!
Ich werde nicht das Gleiche tun wie sie!
Das behaupten Sie, aber Sie waren sowohl mit Rei als auch mit Kazuha intim!
Das bist doch alles du!

Was...?
Rei, Kazuha und du...
Ihr seid doch alle dieselbe Person!
HASP
Ah...
Mist... Zählt das schon als Ablehnung seiner Persönlichkeit?
Alle sind...
... ich...
Ach so... Sie sind also...
... anders als diese Frau...?
NICK NICK NICK NICK NICK NICK

Dann ist ja gut...
!
ZAPP
Hä? Was hab ich...?
!
Bist du das, Rei?!
Habe ich etwa wieder mit einer anderen Persönlichkeit den Platz getauscht?
J...
Ja, mit Shiki.

Tut mir leid!
Ach was, das macht nichts.
H... He!
Du willst trotzdem weiterma-chen?
Na klar!
Wirklich? Bist du nicht schlaff ge-worden?
Ich bin voll in Fahrt! Ich zieh es durch!
A... Aber...
Ich lasse mir diese Chance doch nicht entge-hen, nachdem er sogar das Feld geräumt hat!
Okay...

Hah...
Hah...
Ah... Hah...
Hah...
Es regt mich auf, dass Kazuha dich als Erster hier berührt hat.
Ah...
FLUPP
Uh...
Ah!
Ah...
Aber... er hat nicht so viele... Finger reingesteckt...
Hah...
Hah...
Natürlich. Ich steck dir schließlich gleich noch was Größeres rein!
ZUCK
ZUCK
GUTSCH
GUTSCH
GUTSCH
GUTSCH
ZUCK
!

Ich habe vor, heute bis zum Äußersten zu gehen. Und du?
Uh...
D...Das hatte ich mir auch vorge-nommen!
Frag nicht!

FLUPP
Ah!
Uh...
SSSST
FLUTSCH
FLUTSCH
Uh...
SSST
Uh...
!
Rei dringt...
Hah...
Hah...
Ah...
... in mich ein!

Hah ...
Hah ...
TIEF
Hah...
Yuma...
Darf ich mich bewe-gen?
Hah...
Hah...
Hah...
J... Ja...
STOSS
Uh... Wah!

W... Warte! Stopp!
Lang-sam!
Mach nicht so schnell!
In Ordnung.
GLEIT
TSCHUPP
Geht es?
Mhm...
SCHAUDER
Ah... Hah... Ah...
Hah... Ah...
PAMM
Hah... Mh...
PAMM
Hah... Mh... Hah...
PAMM

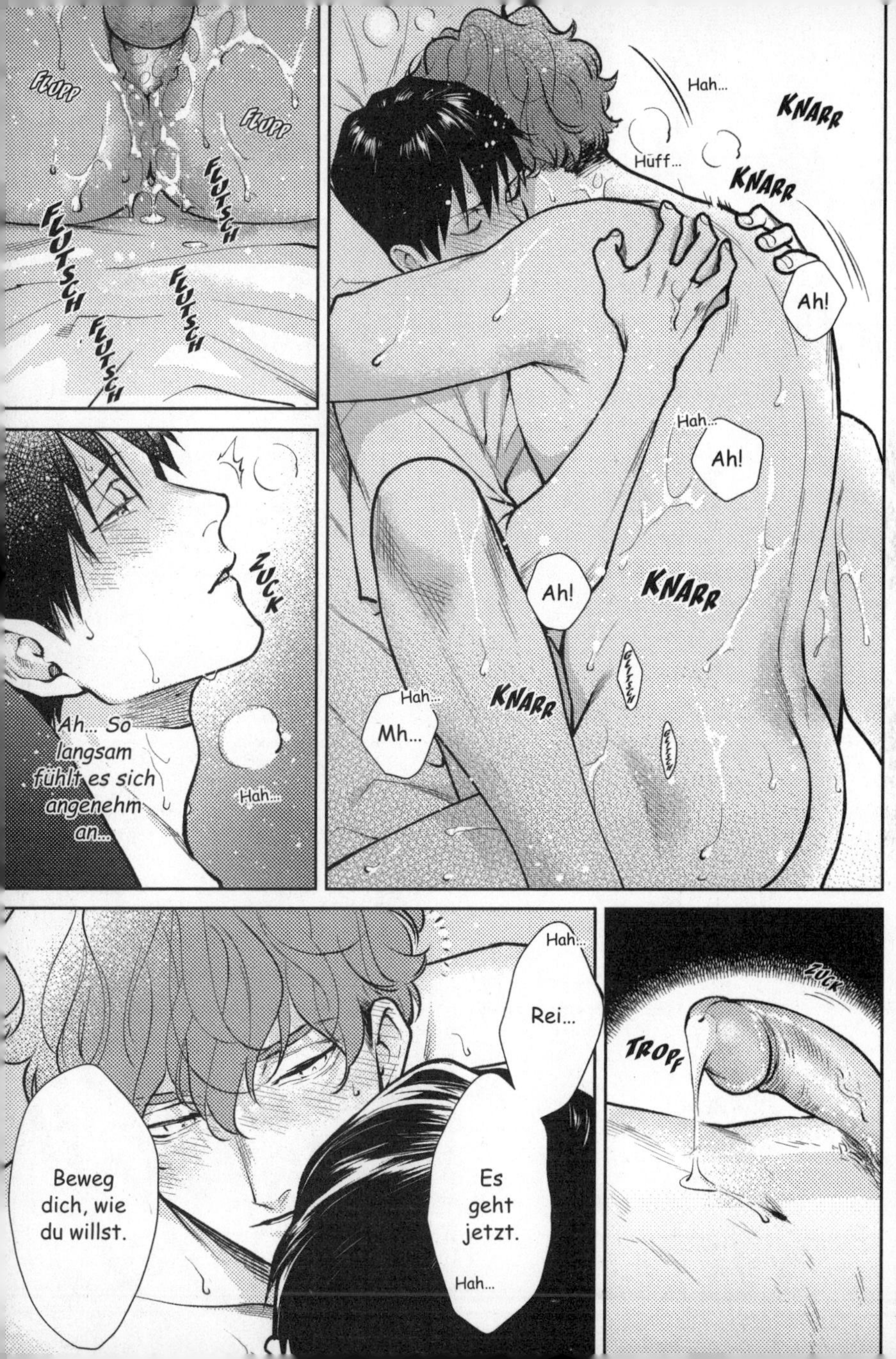

Hah...
KNARR
Hüff...
KNARR
Ah!
Hah...
Ah!
Ah!
KNARR
KNARR
Hah...
Mh...
FLUPP
FLUPP
FLUTSCH
FLUTSCH
FLUTSCH
FLUTSCH
ZUCK
Ah... So langsam fühlt es sich angenehm an...
Hah...
ZUCK
TROPF
Hah...
Rei...
Es geht jetzt.
Hah...
Beweg dich, wie du willst.

Hah...
Ich versuche, sanft zu sein.
Hah...
ZUCK
Mh...
Ah...
FLUTSCH
SSST
AH...!!
ZUCK
PAMM
Ah!
KNARR
KNARR
KNARR
PAMM
PAMM
PAMM
Hah...

Hah...
Hah...
Ah... Uh...
KNARR
KNARR
Hah...
Uh ...
Ah...
STOSS
STOSS
GUTSCH
GUTSCH
GUTSCH
Huff
Hah...
Uh...
Mmmh ...
Hah...
ZUCK
ZUCK
!!!
PAMM
ZUCK
ZUCKZUCK
Huff...
Huff...
SCHMATZ
SCHMATZ
SCHMATZ
Hah...
Puh ...

PACK
AH!!!!!
BEB
BEB
BEB
TROPF
Hah...
Ah...
Hah...
Hah...
Ah...

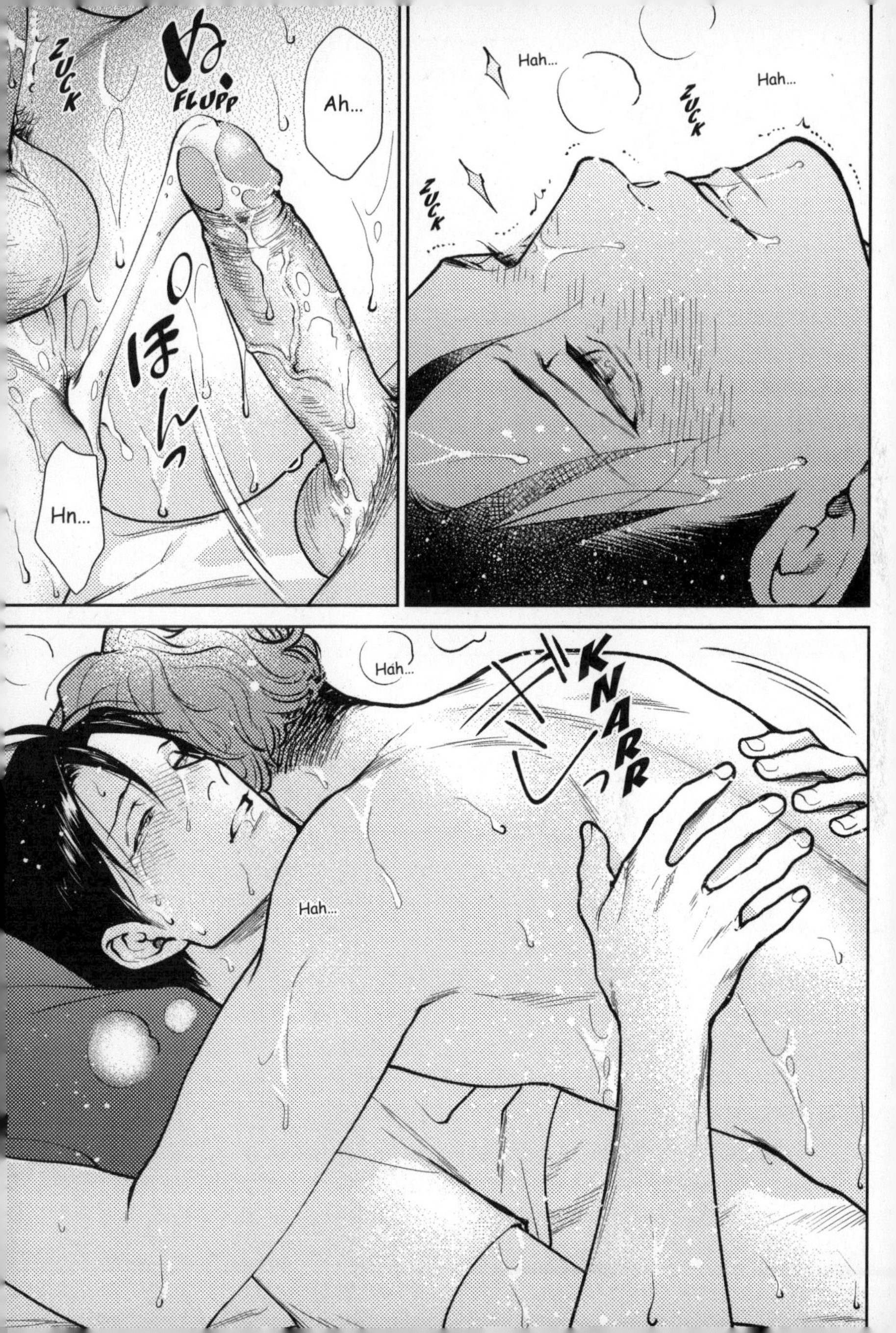

Hah...
Hah...
ZUCK
ZUCK
ぬ
FLUPP
Ah...
ZUCK
ほんっ
Hn...
Hah...
KNARR
Hah...

Hah...
Hah...
...
Hah...
Er... Rei...
... ist nicht seine Kernpersönlichkeit...
Ich will nicht... dass Rei verschwindet...

Kapitel 8
BLINZEL
Huch? Wo bin ich?
Ach... Das ist Reis Zimmer.
Wir hatten Sex...
SRRT
Aufge-wacht?
Rei!

Hier.
Oh, d... danke.
Oh. Das ist Kakao!
Ich muss gleich los. Leg dich ruhig wieder hin.
Süß!
Du hast heute frei, oder?
Ja.
Ah! Hör mal!
D...Du weißt ja, ich war mit Kazuha in Kos Praxis...
Und na ja... Er will sich behandeln lassen...
Aber was ist mit dir...?
Ich hatte schon so ein Gefühl. Erinnern kann ich mich aber nicht.

…
W…Wenn du nicht willst, musst du es natürlich nicht machen!
Sonst könnte es passieren, dass Rei verschwindet…
Mag sein, dass es besser wäre, wenn er geheilt würde… Und ich mache mir auch Sorgen um Kazuha… Aber ich will nicht, dass er sich dazu zwingt…
Ich werde Ko sagen, dass wir es sein lassen…
SEUFZ
Re…
WUSCHEL
!
Liebst du mich so sehr, dass du dir Sorgen um mich machst?
Hä?!
Wa…?! Ich meine es ernst!

Ich muss gehen, sonst komme ich zu spät. Bis nachher.
O... Okay...
AH!
Ich habe glatt vergessen, mich bei Ko zu melden!
BWW
BWW
BWW
Yuma
Nanu? Er geht nicht ran...
Schläft er noch?
BIEP
Hallo?
Ah! Ko? Hast du einen Moment für mich?

K...Klar. Was gibt's?
?
Ist es gerade ungünstig?
G...Gar nicht! Für dich hab ich immer Zeit!
Ich wollte mich für neulich entschuldigen. Hab mich nicht mal richtig verabschiedet.
Mach dir deswegen keinen Kopf. Ah...!
Danke... Jedenfalls wollte ich etwas mit dir besprechen. Kann ich zu dir kommen?
Was?
J...Jetzt gleich?
Ja. Ich bin so in 30 Minuten da.
Alles klar. Ich warte hier auf dich.
Gut.
Danke. Bis gleich.
Er war irgendwie komisch...
Ob ich ihn bei irgendwas gestört habe?
WUPP

BIEP
Yuma
Später benach-richtigen
Auflegen
He, sieh zu, dass du in den nächsten 30 Minuten fertig wirst!
Wie bitte?
Yuma kommt hierher!
Dabei haben wir endlich mal einen frei-en Tag!
Hmpf.
Jetzt mach schon! Beeil dich!
Spritz ab! Komm!
So kommt doch keine Stimmung auf!

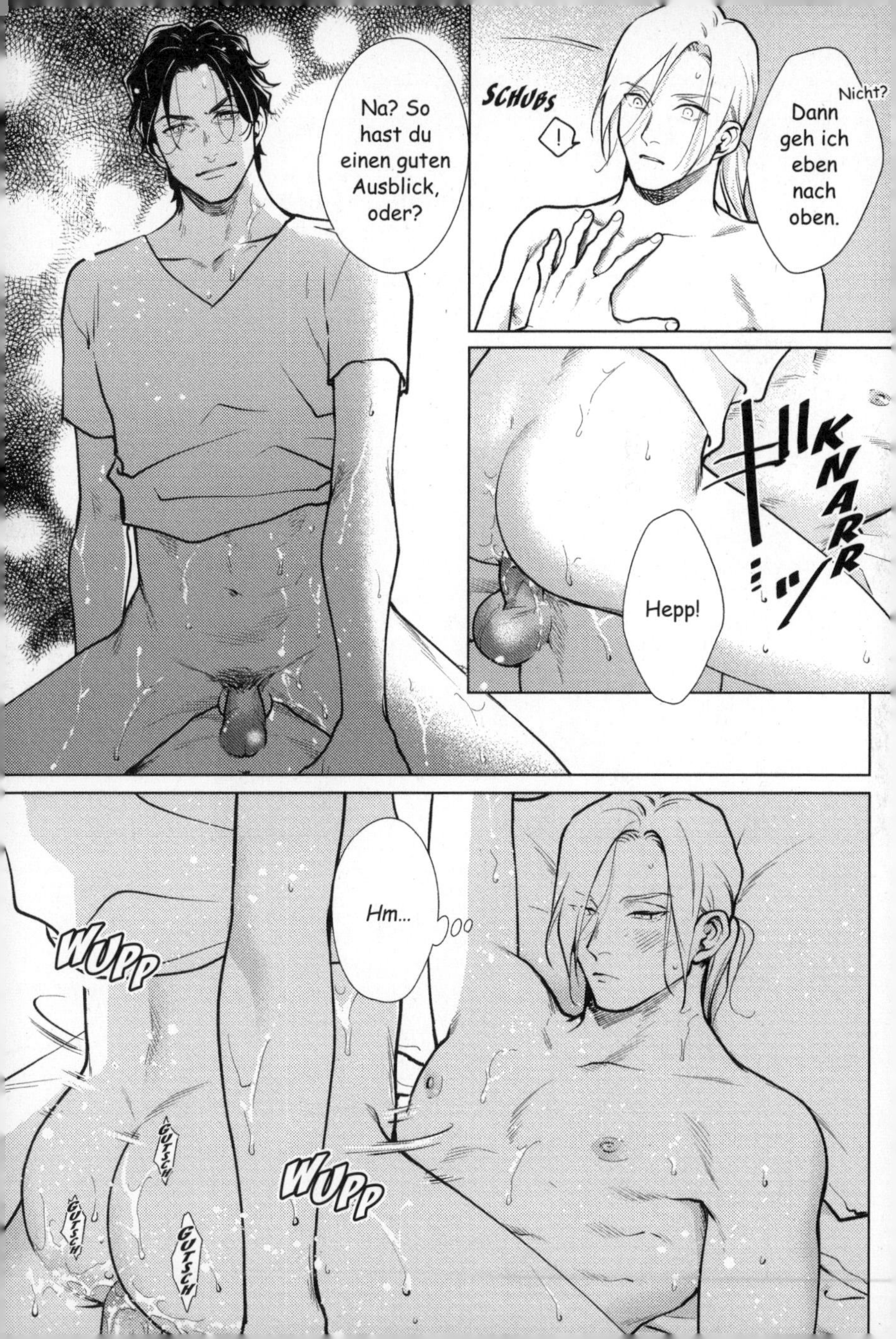
Nicht?
Dann geh ich eben nach oben.
SCHUBS
!
Hepp!
KNARR
Na? So hast du einen guten Ausblick, oder?
Hm...
WUPP
WUPP
GUTSCH
GUTSCH
GUTSCH

Psychiatrische Klinik Azuma
UND FERTIG
FIX
... und deswegen...
Habe ich dadurch Shikis Persönlichkeit abgelehnt?
Hmmm... Na ja... Stimmt schon. Normalerweise wäre das etwas heikel...
Aber wenn er selbst nicht negativ darauf reagiert hat, ist es wohl noch mal gutgegangen.
Geht es dir gut?
Hast du doch so viel zu tun?
Ja, alles bestens.
Bin nur ein bisschen erschöpft.

Mache ich es mit meinen Einmischungen vielleicht nur schlimmer?
Ich glaube, du brauchst dir keine Sorgen zu machen.
...
Nun, was geschehen ist, ist geschehen.
Ich denke, das Verständnis und die Unterstützung der Menschen an seiner Seite sind am wichtigsten.
Auch ich werde nichts unversucht lassen, um ihm zu helfen, aber Psychiatern sind Grenzen gesetzt.
Verstehe.

Dann wäre da noch etwas, was Shiki gesagt hat.
Seine Mutter hat scheinbar ständig Männer angeschleppt und das war ihm zuwider.
Hatte das vielleicht Einfluss auf seine Persönlichkeit?
Hm... Das könnte sein.
Wenn er vor etwas Unangenehmen davonlaufen wollte, könnte es sein, dass er sein Bewusstsein abgespalten hat und sich daraus eine seiner Persönlichkeiten geformt hat.
In Shikis Fall ist die Wahrscheinlichkeit hoch, dass die Mutter der Auslöser war.
Also doch...
Dann gab es bestimmt auch für die Entstehung seiner anderen Persönlichkeiten irgendwelche Ursachen.

Takoyaki: Teigbällchen mit Oktopusfüllung

Bin wieder da!
Ich hab uns einen heißen Snack mitge...
...bracht...?
Will-kommen daheim, Yuma.
Rei und du seid ja richtig auf Wolke sieben.
Ka... Kazuha...

Bist du enttäuscht, dass ich es bin?
N...Nicht doch! Wie kommst du darauf?!
Es steht dir ins Gesicht geschrieben.
...
Wie kann ich die Stimmung lockern?
Puh...
Entschuldige. Ich habe meinen Frust an dir ausgelassen.
Kazuha...
KNURRRRRRRRRRRRRRRRR

Lass uns erst mal das hier essen.
RASCHEL
Aber das hast du doch für Rei gekauft, oder?
Bevor du wieder mit Rei tauschst, sind sie kalt! Essen wir sie lieber gleich.
N...Na gut.
Hach! Das war lecker!
Vielen Dank für die Mahlzeit.
Übrigens, wo warst du eigentlich, Yuma?

Hm... Ich war bei Ko.
Und jetzt beschäftigt mich eine Frage...
Es gab doch sicher Ursachen für die Entstehung jeder deiner Persönlichkeiten... und...
... ich frage mich, welche das waren...
Möchtest du es wissen?
H...Hab ich dich damit verletzt?
Nein, hast du nicht.
Wenn du es wissen willst...
SST

... dann verrate ich es dir. Aber nur, wenn du mir einen Wunsch erfüllst.
Wel-chen...?
Darf ich dich küssen?
...
J... Ja...

Mh...
KÜSS
Mh
...
KÜSS

Huff ...
M h ...
Hah...
TSCHUPP
HAPPS
Mh...
!
SST
K... Kazuha...! Das ist...
Darf ich dich hier auch berühren?

Ah...
Kazu...
RUBB
Ah!
Ah... Ah...
Kazuha...!

ZWICK
ZUCK
Wah!
Kazuha ist irgendwie anders als sonst...
Warte bitte...!
Was ist?
Ich kann das doch nicht!
So...Solche ve...versauten Sachen kann ich nicht mit dir machen!
Warum nicht? Ist doch nichts dabei.
Das haben wir neulich schon gemacht.
Das... stimmt zwar...

... aber es geht nicht! Vor allem benimmst du dich heute irgendwie komisch!
Das sieht dir gar nicht ähnlich!
Was würde mir denn ähnlich sehen?
Was hast du?

Was für ein Mensch bin ich denn in deinen Augen, Yuma?!
Wer zum Teufel bin ich?!
SCHEPPER

WANK
!!
ドサッ
FWOMP
Kazuha!
Was fehlt dir?!
Kazuha!

Itsuki.
Komm zu mir!

Was ist denn los?
Shiki.
Du hast uns etwas zu sagen, stimmt's?

Worüber willst du reden?
Spuck's aus!
Geduld ist wohl ein Fremdwort für dich.
Ich wollte gerade anfan-gen.
Gut, dann schieß mal los, Shiki.
Ich... habe genug.

Das heißt, du wirst verschwinden?
!
!!
Dank seiner Worte habe ich es verstanden.
Es ist besser, wenn wir nicht ewig existieren.
Deshalb habe ich mich dafür entschieden, mich aufzulösen.

Du bist entstanden, weil du unserer Mutter ihre Verantwortungslosigkeit nicht verzeihen konntest.
»Sie ist doch meine Mutter! Was ist mit meinem Vater?«
»Ich will das nicht! Nein! Aufhören!«
Du hast jetzt deinen Frieden damit gemacht, ja?

Da bin ich mir nicht sicher. Ich weiß nur, dass ich das Gefühl hatte, es ist genug.
Onkel Mika!
Hör mal! Ich bin auch zufrieden!
Itsuki!
Ich hab Yu wiederge-sehen...
... und weiß jetzt, dass er nicht deshalb weggegangen ist, weil er mich nicht mehr gernhat.

Itsuki...
Du hast bis zu eurem Wiedersehen tapfer durchgehalten.
»Yu...«
»Wo bist du? Ich will dich sehen!«
Und das, obwohl du ihn immer so vermisst hast, dass du weinen musstest.
Wenn ich auch mal zu Wort kommen dürfte!

Ich hab erst fünf Minuten mit Yuma verbracht! Bisher hab ich gerade mal an seinen Nippeln geleckt!
Aber wenn ich das Gespräch richtig deute, soll ich auch verschwin-den?
Ich konnte mich nicht mal vor-stellen!
Richtig. Deinen Namen werde ich ihm später sagen.
?
Es ist also be-schlosse-ne Sache, ja...?
Du hast dich eh nur nach Hautkontakt gesehnt, stimmt's?
Das hat deine Persönlichkeit hervorgebracht. Davon haben wir jetzt mehr als genug, oder?
Was soll's?
Immerhin konnten sie Yuma treffen.

Alle beide.

Kommt...
SCHAA
Es wird Zeit...
AAAA
SCH
AA
AA
A...

Es ist alles gut.
Wir werden nur...
... zu ihm zurück-kehren.
SWUSCH

SCHAAAAAA...

SCHRECK
BABUMM
BABUMM
BABUMM
Verschwun-
den...
Sie sind ver-
schwunden!
Drei von
ihnen
sind...!

ZITTER
!
Mmh
...
Yuma...
Ist er etwa die ganze Zeit bei mir geblieben?

Sag mir, Yuma...
Sollte ich besser verschwinden...?

TOCK TOCK
Hallo!
KLACK
Oh!
KNARR
Endlich kommst du zu mir.
Kapitel 9

Und du bist wirklich damit einverstanden…
… eine Therapie zu beginnen?
Ja…
Ich begebe mich in Ihre Hände.

ZIIIRP
ZIRP
ZIRP
PLING
* Super-Willensstärke
ou
98 %
Kotaro
Wie geht es Rei seit unserer Sitzung?
Hier!
Schau dir das mal an, Shikiori!
Das ist Rickys Freundin, die gerade neu entworfen wurde.
TIPP
TIPP
TIPP
Er nimmt artig seine Medikamente, auch wenn er dabei rummault. Soweit ich es mitbekommen habe, gab es seit zwei Wochen keinen Persönlichkeits-wechsel mehr und es ist auch keine neue Persönlichkeit aufgetaucht. Allerdings ist auch Kazuha, seine Kernpersönlichkeit, nicht mehr zum Vorschein gekommen.
TIPP
A
B
C
E
F

Was soll das denn? Das ist ja einfach nur Ricky mit Rock und Schleife.
Du siehst das also auch so!
Niedlich ist anders!
Hahaha!
Rei ist viel umgänglicher geworden.
Er hat seine Krallen eingefahren.
PLING
98 %
12:21
Dienstag, 16. Juli
NINE
Kotaro
Wann habt du und Rei das nächste Mal frei?
Hm?
Am nächsten freien Tag soll ich ihn zu ihm bringen?

Der hat leicht reden!
Rei ist nicht gut auf Ko zu sprechen. Das wird sicher anstrengend.
Seit dieser Sache.
Waaaaaaah!
Yuma!
Aah!

Sagt mal, ihr zwei…
?
Tut mir leid. Das war das letzte Stück.
Ich bin überhaupt nicht neidisch!
Oh.
Ich muss zurück an die Arbeit.
Okay.
Bis dann.
Findest du nicht auch…
… dass sich seine Aus-strahlung verändert hat?
Meinst du?

Man kann sich jetzt leichter mit ihm unterhalten.
Ja, stimmt.
Ob sich seine Psyche inzwischen weitestgehend stabilisiert hat?
Vielleicht wechseln sich seine Persönlichkeiten deshalb nicht mehr ständig ab.
Aber was ist mit dir, Kazuha?
Warum kommst du nicht zurück?

Hahaha! Ricky hilft auch beim Putzen!!
KEUCH KEUCH HAH HAH
Ich war gerade zufällig in der Nähe und wurde in diese Vorstellung mit reingezogen...
Es ist so heiß... Ich schmelze...
LINS
Aber...
GRINS GRINS
... Rei mit seinem besten Arbeitslächeln tanzen zu sehen ist wirklich eine kostbare Seltenheit.
Hihi.

Vielen Dank für eure Aufmerksamkeit!
KLAPP KLAPP KLAPP
Waaah!
FLÜSTER
I...Ich dachte, ich falle tot um!
HAH HAH
HAH HAH
FLÜSTER
Die Leute hören dich noch keuchen, Ricky!

Scheint dir ja gut zu gehen.
Dir leider auch, Vater.
Wer hätte gedacht, dass du an so einem Ort arbeitest?
!
Das ist Reis Vater?
Du bist also eine Putze, ja?
Hmpf.
Für einen Gigolo, der es nur auf den Geldbeutel der Frauen abgesehen hat, reißt du dein Maul ganz schön weit auf.
Na ja, eine andere Arbeit wäre für meinen missratenen Sohn wohl zu anspruchsvoll.
GRR
Dabei ist selbst diese Arbeit zu anspruchsvoll für dich.

Wie bitte…?!
Papa!
Mama sagt, wir wollen jetzt Souvenirs kaufen gehen!
Da vorne!
Da ist ja Ricky!
Akito, ich komme gleich. Warte bitte dort drüben auf mich.
Aber…
Schluss jetzt! Du sollst dort drüben warten!
ZUCK

Wer ist dieser Junge?
Mein zweiter Sohn.
Im Gegensatz zu dir ist er gut geraten und brav.
!
Was gibt dieser Typ da von sich?!
Redet man so mit seinem eigenen Sohn?!
Hör zu!
Wir werden uns nicht wiedersehen, darum will ich dich warnen.

Du magst ja missraten sein, aber laut Familienregister sind wir immer noch Vater und Sohn.
Sieh zu, dass du nichts anstellst, womit du mir Probleme verursachst.
Hmpf.
...
...
STINKSAUER
Wa...?!
SAUS
Das kann ich nicht länger mit ansehen!
Lass gut sein, Yuma.
STOPP
!

...
Ist das... Kazuha?!
Vater.
?

Gib gut auf deine Gesundheit acht.
Man weiß einfach nicht, was in deinem Kopf vorgeht. Daran hat sich nichts geändert.
...

Es tut mir leid, dass du dieses Gespräch heute mitbekommen hast.
Ich bin doch jetzt egal!
Ist denn mit dir alles in Ordnung, nachdem er dir so was an den Kopf geworfen hat?
Es geht mir gut. So ist er eben. Ich habe mich schon lange damit abgefunden.

Das ist gelogen… Es macht mir zu schaffen.
Kazuha…
Ich hasse mich selbst dafür, dass ich auch noch nett zu ihm bin, obwohl er so ein Mensch ist.
Jedes Mal bilde ich mir ein, dass er mich ja vielleicht doch noch in einer Ecke seines Herzens liebt, und kann nicht komplett damit abschließen.

!
KULLER
Nanu ...?
Warum weine ich denn...?
Wenn man weint, geht es einem hinterher besser.

Entschul-dige... Bitte...
... schau nicht her!
Gegenüber einem Mann so zu empfinden ist vielleicht komisch...
... aber ich möchte ihn beschützen!
Y... Yuma?!
Bestimmt hat Kazuha bisher alles auf sich genommen, was Rei nicht ertragen konnte.
Yuma...

Und jedes Mal hat er die Wunden, die er sich dabei zuzog, tapfer erduldet.
Doch es gibt niemanden, der davon weiß.
Ich möchte von jetzt an auch von Kazuha alles Schlechte fernhalten.
Damit er...
Yu...
... keine Tränen mehr vergießen muss.

Ah...
Hah...

Hah...
Mh...
Hah...
Hah...
!
GLITSCH
TSCHUPP
Yuma, du bist hier rich-tig weit.
Hah...
Hah...
...
Weil du pausenlos daran rum-spielst...
FUMMEL
FLUPP
Ah...!

Ich will dich nun mal nicht verletzen.
BLUSH
KNARR
Ich kann das ab. Außerdem...
Ah...
Du hältst es auch kaum aus, oder?

...
Bist du sicher?
Ja...
SCHLUCK

FLUTSCH
POCH
POCH
POCH
Ah... Ich werde jetzt...
FLUPP
!
ZUCK
... auch mit Kazuha...
Hah...
Ah...
SST
SSST

Yuma...
... auf diesen Moment habe ich immer gewartet...
...

Entschuldige!!
Yuma...?
Tut mir leid...
Sie haben dasselbe Gesicht und sind beide zärtlich...
Auch ihre furchtsame und unbeholfene Art ist gleich...
Sie liegen mir beide am Herzen und ich möchte beiden eine Stütze sein...

Tut mir leid…
Und doch ist er anders…
Er ist ein völlig anderer Mensch als Rei.
Ich…
Ich bin…
Derjenige, den ich liebe, ist Rei…
Und das fällt mir erst auf, nachdem ich mich auf ihn eingelassen habe… Ich bin das Allerletzte…
Es ist also doch zwecklos…

Kazuha...?
Ich dachte wirklich, es würde klappen...
Yuma, weißt du...
... ich bin nicht die Kernpersön-lichkeit.
!

Ich habe schon geahnt, dass du geflunkert hast.
...
Entschuldige, dass ich gelogen habe.
Ich bin schon seit unserer Kindheit in dich verliebt.
Deshalb wollte ich nicht, dass Rei dich mir wegnimmt...!

Kazuha …
Ich muss mich auch ent…
Aber…
… ich gebe noch nicht auf!
!
KÜSS
Mh…

Huff...
Mh...
Hah...
Kazu...

Wieso bist du nackt?
Hä...?
R...Rei?
He... Sag bloß, du hast schon wiiiiieder mit Kazuha...
Nein, habe ich nicht!
Nicht das volle Programm...
Das volle Programm?!

Ständig machst du auch mit Kazuha rum! Gib es zu!
Ich sag doch, du irrst dich!
Wieso bist du dann nackt?!
Na ja...
...
Das ist... weil... also...
Ääh... Äääh...
Kazuha, du Idiot!!
Schieb es nicht auf Kazuha!
Ich bin auch frustriert, weil ich abgeblitzt bin, wisst ihr?!
Hmpf!

Kapitel 10
GRUMMEL
...

Du bist ja ein größerer Miesepeter als sonst.
Habt ihr euch gestritten?
Geht's noch?
Das hat dich nicht zu interessieren!
Rei!
Lass es nicht an Ko aus!
Das... Das wird schon wieder. Wichtiger ist jetzt...
Ah, stimmt ja.
Yuma hat mir erzählt, dass es in letzter Zeit keine Persönlichkeitswechsel mehr gab.
Wie geht es dir?
Ich weiß nicht genau...
Hm, verstehe.
Übrigens weiß ich Bescheid.
!

In Wahrheit bist du die Kernpersönlichkeit…
… Rei.
Darüber würde ich gern mehr erfahren…
Gnn …
Rei?
Rei?
Alles gu…
Das will ich Ihnen erklären.

!
Das ist der, den ich im botanischen Garten getroffen habe!
Mit dir spreche ich heute zum ersten Mal, richtig?
Ja, so ist es. Sehr erfreut.
Mein Name ist Mika, Doktor Azuma.
LÄCHEL
Ich bin für die Vernunft zuständig.
Ich administriere die Persönlichkeiten passend zur Situation, um das psychische Gleichgewicht der Kernpersönlichkeit zu bewahren.
Beeindruckend, wie gefasst du bist.

Und da ich die Vernunft verkörpere, verschwinde ich auch nicht, so wie die anderen Persönlichkeiten.
Allerdings...
... haben sich nach Mutsumi mit Jiro, Shiki und Itsuki...
... bereits drei weitere Persönlichkeiten aufgelöst.

Heißt das...
... weil ich wieder irgendwas Überflüssiges gesagt ...
... und mich ohne seine Zustimmung eingemischt habe...
Nein, so ist das nicht.
Mika...
Weißt du, wir wurden erschaffen, damit Rei in der Lage ist, weiterzuleben.
Wenn er der Meinung ist, er braucht uns nicht mehr, ist das für uns in Ordnung.

Sie alle waren sich dessen bewusst und damit einverstanden, sich aufzulösen.
Es ist nicht nötig, dass du dir ihr Verschwinden zu Herzen nimmst.
Trotzdem...
Trotzdem wollte ich mich richtig von ihnen verabschieden.
Ich hätte mich gern mehr mit ihnen unterhalten.
Denn sie haben an Reis und Kazuhas Seite gelebt und waren ihnen bestimmt wichtig.

Ich kannte nicht mal alle ihre Namen...
Ach ja. Jiro meinte, ich solle dich von ihm grüßen.
Du nimmst das echt locker!
Eine Frage, Mika.
Wie viele sind jetzt noch übrig?
Ich und... sonst nur noch Kazuha.
Kazuha ist die erste Persönlichkeit, die Rei schon in seiner Kindheit erschaffen hat.
Rei hat ihn kreiert, um in der Welt zurechtzukommen. Er lebt schon viel länger als alle anderen.
Seine Integration wird wahrscheinlich schwierig.

Und selbst wenn es klappt, besteht die Gefahr, dass als Gegenreaktion darauf eine neue Persönlichkeit entsteht.
Er ist weit mehr als eine simple Persönlichkeit.
Dann hat Kazuha möglicherweise ernsthaft versucht, zur Kernpersönlichkeit zu werden.
Das hat Kazuha wirklich...?
Aber wie steht Rei dazu...?
Rei?
Er verhält sich gar nicht wie die Kernpersönlichkeit.
Es kam mir eher vor...

… als hätte er Minderwertigkeitskomplexe…
Ich schätze, Rei wollte zu Kazuha werden.
Zu Kazuha…?
Ja. Er hat nie elterliche Liebe erfahren und besitzt kein Selbstvertrauen.
Darum hat er die ideale Persönlichkeit Kazuha erschaffen.
Wahrscheinlich denkt er…
… dass er eher von anderen Menschen geliebt wird, wenn er als Kazuha lebt.

Nachdem Mika uns alles genau erklärt hatte, kehrte Rei zurück.
Er schien nicht gerade begeistert darüber, dass Mika ohne sein Einverständnis alles ausgeplaudert hatte...
... aber er stimmte zu, weiterhin seine Medikamente einzunehmen und zusätzlich eine Schlaftherapie zu machen.

Die ideale Persönlichkeit… Über so etwas denkt jeder irgendwann mal nach…
Das ist bitter…
Egal wie sehr Rei zu Kazuha werden möchte…
… oder Kazuha die Kernpersönlichkeit werden will, es ist ihnen nicht möglich.
Es ist wirklich unangenehm, wenn andere private Dinge erfahren, während man es nicht mitbekommt.
Was?
J…Ja… Du hast recht…
Entschuldige… Offen gesagt, hat mir Kazuha auch ein wenig über deinen Vater erzählt.
Ach so…

Kazuha... hat dabei geweint...
Hast du ihn deshalb range-lassen?
Hab ich gar nicht!
Ihr wart nackt!
Aber er hat ihn nicht rein-gesteckt!
Das ist deine Ausre-de?!
Das ist keine Ausrede!
Ich wollte Kazuha...
Ich wollte ihn beschützen. Er liegt mir am Herzen.
Gib ruhig zu, dass es dir lieber wäre, wenn Kazuha die Kernpersönlich-keit wäre!

Das habe ich nicht gesagt!
Trotzdem wolltest du mit ihm schlafen!
SCHLUCK
Du verstehst eben nicht, wie es sich anfühlt…
… wenn man aufwacht und den Mann, den man liebt, dabei erwischt, wie er mit einem anderen fremdgeht!
Du hast recht, das weiß ich nicht.
Aber ich finde, von allen Persönlichkeiten ist Kazuha diejenige, die deinem Wesen am ähnlichsten ist.

Und darum soll ich nicht eifersüchtig sein?
Veralbern kann ich mich alleine.
Ich möchte Rei liebevoll behandeln, und das schließt seine anderen Persönlichkeiten mit ein.
Warum kann ich ihm das nicht vermitteln...?
Kann ich denn nichts anderes, als dich zu verunsichern, Rei?

Yuma...
Kazuha!
Hat Rei dir Vorwürfe gemacht?
Entschuldige, das ist meine Schuld...
Du kannst nichts dafür! Mach dir nichts draus!

SST
Es tut mir trotzdem leid.
Wenn du nicht fröhlich bist, macht mich das traurig.
Kazuha...
KIPP
...
R... Rei...
Du kannst es nicht lassen...!
D...Du irrst dich! Ich hab nichts gemacht!

Und wie nennst du das hier?
Äh… A… Also, das ist nicht so…
… wie du denkst…!
Waaaaah…
Ach ja?
ZERR
Und was machst du, wenn er sich dir so hier auf-drängt?
Uwah!
W…Was redest du da?!
Ich hab mich immer noch nicht daran ge-wöhnt, ihn so dicht vor mir zu haben!

HAPS
Uh...!
KÜSS
Mh ...
Hah...
KÜSS
M... Mh...?!
SCHMATZ
Uh...
Hah...
Ah...
Hah...
Siehst du? Schon bist du Wachs in meinen Händen!
Da...
Das ist unfair! Kazuha ist auch du...

ZUCK
KÜSS
KÜSS
...
Ah...
Mh...
Hihi...
Du bist süß, Yuma.
Süß...?!
Ka... Kazuha?!
Warte mal...!

Mh...
!
STREICH
Halt!
Ich sagte nein...!
Okay?
Ich will mehr von deinem lust-voll erregten Gesicht sehen, Yuma.
SCHLUCK
Ich werde nicht mehr...
Ich gehe nicht bis zum Äußersten.

Hör auf...
Hah...
Hö...
KÜSS
KÜSS
Ah...
Hah...
Obwohl du gleich so süß stöhnst, sobald ich hiermit spiele?
Trotz-dem...! Das kann ich nicht...!
ZWICK
Uhah!
ZUCK
SCHWELL
Siehst du?
Hah...
Hah...
SCHIEB
Du bewegst schon die Hüfte...

Ich öffne deinen Reißverschluss.
Ka... Ka-zuha...
ZIPP
WUPP
Wie süß...
S... Süß?!
?
HAPS

SCHIEB
Ah...!
St... Stopp, Kazu...
SCHLURP
ZUCK
Hah...
Hah...
Uh...
Aah...!
Ah!
TSCHUPP
TSCHUPP
FLUPP
Ah!
TSCHUPP
Ah!
TSCHUPP
TSCHUPP
Hah...
Ka...
Kazuha...!
Hah...

Du sollst aufhören!
Da... Das ist mir peinlich...
Aber dein Penis ist hart.
Es fühlt sich also gut an, oder?
Sch... Schon, aber...
Aber dort hat mich...
Hah...
Dort hat mich...
Hah...
... noch nicht mal Rei geleckt...!
ZUCK
Hah...

R...
Rei?!
Ja,
richtig.
Das
ist auch
für mich
das erste
Mal.
Er
ist mir
wieder
zuvorge-
kommen
...!
Uwah!
ROLL
Lass nicht
einfach al-
les mit dir
machen!
Das
sagst du
so leicht!
Ich
lasse
mich
wirklich
zu leicht
mitrei-
ßen!
FLUPP
Ah...?!
ZUCK

Gut. Hier war er offenbar noch nicht dran.
Was soll daran gut sein?!
FLUTSCH FLUTSCH FLUTSCH FLUTSCH
Ah...
Hah ...
GUTSCH GUTSCH GUTSCH GUTSCH GUTSCH
Ah... Hah...
Ah!
Ah!
Unglaublich... Ich hab die Finger gerade erst reingesteckt und du bist schon so weich...
Idiot!
FLUPP
Du bist einfach...

... wahnsinnig... sexy...
SCHAUDER
GUTSCH GUTSCH GUTSCH GUTSCH GUTSCH
Ich möchte ihn schnell in dich reinstoßen...
Ah!
Uh... Mmh...
I... Ist gut...
... Rei.
Du kannst ihn reinstecken...

SCHLUCK
GLITSCH
Kazuha, hör gut zu!
?
Wehe, du kommst jetzt zum Vorschein! Bleib ja, wo du bist!
...
FLUTSCH
ZUCK
!

Uh...
!
ぬぬぬぬ
FLUUUUPP
PATT
Hah ...
Hah...
Ah...
Huff...
BEB
Hah...
Ah... So fühlt es sich also an, in dir zu sein...
Wie...?

GULP
Äh?!
Sag bloß...?! Kazuha?!
Halt, warte!
TSCHUPP
Ich kann nicht warten.
Endlich konnte ich eins mit dir werden!
Es fühlt sich so gut an!
Ah!
KNARR
Nicht!
Hah...
Hah...
Ah!
PAMM
PAMM
PAMM
PAMM
PAMM
PAMM
Das ist doch...
Aah... Uuh...!
Das ist...
GLITSCH
GLITSCH
GLITSCH
FLUTSCH

Das ist doch unfair!
Aaah!
Hah...
Entschul-dige...
... dass ich dich so ausgetrickst habe, Yuma.
Ich wollte um jeden Preis eins mit dir werden...
Das ist...
... wirklich unfair...

Hah...
GLITSCH
Hah...
Haah...
GLITSCH
KREISEL
Wahnsinn...!
KREISEL
Ah!
GLITSCH
GLITSCH
PAMM
GLITSCH
PAMM
Aah!
GLITSCH
PAMM
Als wüsste Kazuha genau, wo ich empfindlich bin...
Ah!
Hah ...
KÜSS
KÜSS
Ah!
BATSCH
ZITTER
Wah?!
ZITTER

Dieser Mist-kerl...!
Er ist tatsächlich hervorgekommen, was?!
R... Rei!
Hat dich sein Schwanz so Ekstase versetzt?!
PACK
Seiner...? Ihr teilt euch doch denselben Körper!
Es kommt aber auf die Technik an!
Mome...! Ah! Ah!
Rei!
STOSS
FLUPP
FLUPP
FLUPP
STOSS
FLUPP
STOSS
STOSS
STOSS
Hah...
Hah...
Warte... Ah...!

PAMM PAMM PAMM PAMM
Halt!
War...
TSCHUPP
Hah...
Du bist auf ein-mal... so stür...
Wah...
PAMM!
...misch ...!
ZITTER ZITTER
Ah...
Ah...
BEB BEB
So geht das nicht...
Du magst es lieber zärtlich...
... und langsam, stimmt's?
?!

Ka... Kazuha...
Ja.
WACKEL
GLITSCH GLITSCH GLITSCH
GLITSCH
WACKEL
Hn... Hn...
BATSCH
BATSCH
BATSCH
BATSCH
Mh... ♡
FLUTSCH
Ah!
Siehst du?
Hah...
Ah...
TROPF
Jetzt bist du viel feuchter als eben.

Hä?
HASP
Sagte er eben...?
Hah...
Rei ist viel zu grob.
Der Wechsel findet auch viel nahtloser statt, oder?
Moment, das ist merkwürdig...
Hah...
Ah!
GUTSCH
GLITSCH
Ah!
FLUTSCH
GLITSCH
Hah...
Ah... Mh...
GUTSCH
GLITSCH
FLUPP
Bedeutet das...
GLITSCH
FLUTSCH
TSCHUPP
Hah...
... sie teilen sich im Augenblick dieselbe Wahrnehmung...?!
Hey, konzentrier dich gefälligst auf mich, Yuma!
Hä...?
Sch... Schon wieder!
Was zum Teufel ist hier los?!

Sanft…
Genieß es so richtig, Yuma!
GLITSCH
GLITSCH
… und kräftig…
PAMM
PAMM
Sag, fühlt es sich gut an, Yuma?
Beides fühlt sich so heiß an…
… dass ich fast verglühe…
Wenn sie mich gleich doppelt in Ekstase versetzen…
Hah…
Ka-zuha…!
Ah!
Uh…
Hah…
Rei…!
… weiß ich nicht mehr, wie mir geschieht!

Ich komme!
Ich ko...
Ah!
Ah...!

Hah …
Hah …
Hah …
Hah …
Mist…
Dieser durch-triebene Mistkerl!
DOSCH
Das war praktisch ein Drei-er.
Ich kann nicht mehr…

PRASSEL ...
Kapitel 11

Kazuha.
Bist du...?
Endlich bist du hergekommen.
Es sollte dir bereits klar sein.
Was denn?
Du weißt...
... was für Yumas und Reis Zukunft das Beste ist.

Aber ich...
Ich habe dich immer wertgeschätzt.
Deshalb möchte ich auch diesmal deine Antwort respektieren.
Und was wirst du tun?
Ich bin die Vernunft.
Ich habe von Anfang an quasi nicht existiert und bin nur hervorgekommen, wenn es erforderlich war.
Meine... Antwort...
Es war weder Rei noch eine der anderen Persönlichkeiten, die Yuma als Erstes begegnet sind, sondern ich!
Warum weinst du?

Hä...?
Du bist ständig hier im Park.
Musst du nicht nach Hause?
Ich will nicht heimge- hen...
Hm... Ach so...
Ah!
Ach ja! Hast du vielleicht Hunger?
Nein, ich bin nicht hu...
KNURRR
BLUSH
Hahaha!
Das war ja richtig laut!
RASCHEL
Essen wir zusammen! Die hat meine Mama gebacken!
Bröt- chen?
Ja! Sie ist gerade total verrückt nach Backen und ich soll alles kosten.

Brötchen, die eine Mutter...
...gebacken hat...
HIBBEL
HIBBEL
HAPS
Lecker!
!
Findest du? Wie schön!
Dann probier doch auch das und das hier!

Yumas Freundlichkeit hat mich berührt und die Zeit, die wir gemeinsam im Park verbrachten...
... war die einzige glückliche Zeit meines Lebens, in der ich sogar meine familiären Probleme vergessen konnte.
He, Kazuha! Lass uns morgen ins Freibad...
SCHROFF
Wer bist du denn?
Bist du nicht Kazuha?
? ? ? ?
Nanu?
Das Gesicht ist gleich...
? ? ?
Brüder? Zwillinge?
...
Ach, egal!
Hör mal! Lass uns morgen ins Freibad gehen!
Ich hab Eintrittskarten bekommen! Hihi!
Sag mir lieber, wer du bist!
Warst du noch nie im Freibad? Da gibt es eine Rutsche! Macht Riesenspaß!
Ab und zu kehrte Rei zurück. Das hat ihn zwar verwirrt...
... aber er hat mich trotzdem genauso behandelt wie vorher.

Ihr fahrt nicht in den Urlaub?
Lass uns doch am Fluss campen!
Geht nicht.
Wieso?
Ich werde ausgeschimpft, wenn ich zu weit weggehe.
Kein Problem! Du musst nur um Erlaubnis bitten!
Hat meine Mama gesagt!
Wieso willst du, dass ich mitkomme?
Na, es macht mehr Spaß, wenn man etwas mit Freunden zusammen unternimmt!
Hmpf.
Ach ja?
Ist doch so?!
Freunde...
PLATSCH
PLATSCH
PLATSCH
Alles klar? Du kommst auf jeden Fall mit!

Ich war der Erste!
Ich habe mich lange vor ihm in Yuma verliebt…
Ich kann meine Liebe zu ihm nicht aufgeben!
Ich will sie nicht wegwerfen!
Ich möchte noch viel mehr Zeit mit Yuma verbringen.
Aber…

TROPF
TROPF
Aber...
... gerade deswegen...

GÄÄÄÄHN
Guten Morgen, Rei.
Morgen.
Deine Frisur ist total verstrubbelt.
Möchtest du Frühstück?
Hm... Gute Frage. Mir reicht was aus der Kantine.
Okay.
Ach, da fällt mir ein, dass noch Brötchen von gestern da sind.
Uh...
!
Rei?
Was willst du, Kazuha...? Ich soll mit dir tauschen...?
Was soll...?
Rei!

SST
Ich bin es, Yuma.
Kazuha!
Entschuldige.
Ich habe mit ihm getauscht, weil ich dir unbedingt etwas erzählen möchte.
Was möchtest du mir erzählen…?
Also…
Ich tue das nicht für mich oder für Rei.

Ich werde mich auflösen. Um deinetwillen, Yuma.
Auflösen...?!
Um meinetwillen?!
KLATTER
Du bist nett, Yuma.
Solange ich da bin, wirst du dir meinetwegen den Kopf zerbrechen.
Das stimmt doch gar nicht!

Du musst dich nicht auflösen! Nicht um meinetwillen!
Ist schon gut.

Ich werde mit Rei verschmelzen.
Dann werde ich viel mit dir lachen...
... dich küssen...
... dich umarmen...
... und dich lieben.
Kazuha...
Yuma...
... mein Herz gehört dir.

Uh...
Uh...
Nicht weinen!
Kazuha...!
Es waren schmerzliche Erfahrungen, die mich her-vorgebracht haben.
Aber du hast das Glück in mein Leben gebracht.
Ich habe nie wieder so leckere Bröt-chen gegessen wie die, die ich damals von dir bekommen habe.

Es ist genau wie damals...
Geh nicht, Kazuha!
Bleib hier...!
... als Mutsumi verschwunden ist!
Tu das nicht!
Die Atmosphäre...
... verändert sich.
Lös dich nicht auf!

DOMP
...
Ka-
zuha...
KULLER
Uwaaaah!!
Kazuha!

Rei.
Kazuha...

Rei.
PACK
Was willst du auf einmal?!
Ich habe beschlossen, zu verschwinden.
Ist das dein Ernst?
Meine Anwesenheit wird Yuma nur traurig machen.
Was soll das?!

Rei, du bist die Kernpersönlichkeit.
Darum werde ich verschwinden und du wirst die Person sein, die du immer sein solltest.
Sei Yuma eine Stütze!
...
Das kannst du doch nicht...
Entscheide so was nicht über meinen Kopf hinweg!
Auch Yuma will das nicht!
Hihi.
Dabei hast du immer mit mir konkurriert.
!

Es hat mich wirklich frustriert, weißt du?
Ich habe mich zuerst in Yuma verliebt.
Also warum?
Warum kann ich nicht an seiner Seite sein?
Wäre ich doch nur du...
Wäre ich doch nur die Kernpersönlichkeit...
...
Aber ich habe meinen Frieden damit gemacht.

Es reicht mir, wenn Yuma glücklich ist.
Und ich dachte mir, der Einzige, dem ich…
… die Aufgabe anvertrauen kann…
… Yuma glücklich zu machen, bist du, Rei.
Lieber du als irgendein anderer.
Kazuha…
Das habe ich endlich begriffen.
Es ist immer dasselbe mit dir!
Rei?

Ich übernehme das!
Oh, danke!
Egal was du angepackt hast, du warst in allem geschickt. Schon seit unserer Kindheit.
Vor schmerzlichen Situationen bin ich immer davongelaufen.
Du bist offenherzig und wirst von allen gemocht.
Ich habe dich darum beneidet.
AOR
Du hast an meiner Stelle alles auf dich genommen.
Obwohl ich es immer gewusst habe, tat ich so, als würde ich es nicht sehen.
Ich habe dich aus egoistischen Gründen hervorgebracht und war neidisch. Trotzdem willst du nun...!

Du änderst dich wohl bis zum Schluss nicht!
Du übertreibst es mit deiner Gutmütigkeit!
Alle unangenehmen Dinge habe ich dir aufgehalst!
Mach mir wenigstens dafür Vorwürfe!
Du Dummkopf.
Wa...?!
Du hast mich hervorgebracht, weil du es nicht ertragen konntest, nicht wahr?

Außerdem...
... ist diese gutmütige Person aus dir entstanden.
Von jetzt an wirst du dein Leben allein bestreiten.
Kazuha...
Sieh zu, dass du Yuma glücklich machst!
Um jeden Preis, klar?

Das musst du mir nicht erst sagen, Dummkopf!
DR
ÜCK
SSST

HASP
Buhu ...
SCHNIEF
!
Yuma!
Rei...?
Rei!
Kazuha... Kazuha ist...!
Ja...
Buhu...
Das wollte ich nicht!
Wirklich nicht!
Buhu...

Ich hab mir nie gewünscht…
… dass Kazuha verschwindet!
… … ……
Irgendwie dachte ich, dass es schon gut geht…
… und Kazuha nicht verschwinden wird…
Hach…
So sehr weinst du um ihn?
Na klar! Einer nach dem anderen löst sich einfach so auf!
Ich habe dich gern…
… und genauso gern hatte ich alle deine Persönlichkeiten!

Merkwürdig... Obwohl du nicht mich allein liebst...
... freue ich mich aus irgendeinem Grund darüber.
Uh...
Uh...
Ah, verstehe.
Wir freuen uns alle darüber...

Ein Jahr später …
Entgegen Kos Befürchtungen hat sich keine neue Persönlichkeit ausgebildet.
Verstehe. Dann können wir die Medikamente eine Weile absetzen und sehen, was passiert.
Geht klar.
Soll er sicherheitshalber noch mal zur Untersuchung kommen?
Ist was?
Ja. Ich würde gern sehen, wie es ihm…
… geht?!
Nein, alles bestens!
Hahahaha!
Gib mir Bescheid, wann ihr vorbeikommen könnt.
Bis dann!
BIEP
Ah…!
Ko ist immer so beschäftigt…

DOSCH!!
Urgh...!
Nicht, während ich tele-foniere!
Bist du immer noch sauer?
Was dach-test du denn?!
Na gut. Weiter mit der Arbeit!
Ich arbei-te nach wie vor verkleidet als Ricky.
Kyaaaaah!
Wah! Ricky!
Wie putzig!
Bist du groß!

Rei wurde zum Teamleader des Reinigungspersonals befördert.
Team 3 übernimmt bitte Bereich E.
Okay!
Es ist traurig, dass Kazuha nicht mehr da ist. Und die Probleme mit seinen Eltern sind auch nicht aus der Welt.
Aber…
… ohne ständig wechselnde Persönlichkeiten ist er gefestigter geworden. Dank dessen konnte er nach und nach Beziehungen aufbauen und Selbstbewusstsein gewinnen.
Hihihi.

FLÜSTER
Was grinst du so? Ist ja abartig!
Wa...?!
Das Kostüm ist eben so gemacht!
FLÜSTER
FLÜSTER
FLÜSTER
Du machst gleich bei der Vorstellung mit!
Wah! Alles, nur das nicht!!
FLÜSTER
Kein Entkommen!
Was machen die?
FLÜSTER
Vielleicht liegt es daran, dass sie miteinander verschmolzen sind.
Hm?
Wenn man es am wenigsten erwartet, zeigen sie sich.
Der Dreck ist ja immer noch nicht weg!
QUIETSCH
QUIETSCH
QUIETSCH
...
Der sauberkeitsfanatische Shiki...

Die Heulsuse Itsuki…
Hier, ein Handtuch.
Danke …
WIMMER
SCHNIEF
Die kleine Cocoa wich nicht von der Seite ihres Herrchens…
Fermentierte Makrele
Wow! Das sieht voll lecker aus! ♡
?!
Mutsumi mit dem speziellen Geschmack…
Was? Klingt doch appetitlich.
S…Sicher…
Das stinkt bestimmt…
Wer mag das sein? Ähm… Ah! Jiro!
Du hast wie immer einen geilen Arsch!
?!
TATSCH
Seine Persönlichkeit ist so abwechslungsreich, da kommt keine Langeweile auf!
Noch dazu…

Hah...
Hah...
Yuma...
POCH
!
Diese sanfte Art, meinen Namen zu rufen...
... und wie er mich küsst...

Ah...
Auch Kazuha ist immer noch in ihm...
Bei den Problemen mit seinen Eltern, zwischenmenschlichen Beziehungen...
... und vielen anderen Dingen haben die Sechs ihm bisher beigestanden.
Ich kann sie zwar nicht ersetzen, aber von nun an möchte ich Rei unterstützen.
Wir werden unseren Weg gemeinsam gehen.

STREICH
Mmh ...
KNARR

PLATSCH
PLATSCH
QUIEH
Puh...
...
KLACK

Hff...
Mir steht sie einfach nicht.
He, steh endlich auf!
Es ist schon nach Mittag!
Mmmh...?

Zeit ist Liebe
Seit Ihrer Kindheit?
Ja, genau.
Wegen der Superhelden-Show…
?
Was hast du vorhin gemacht?

Vorhin? Was meinst du?
Du hast dich mit einem Typen unterhalten.
Über Superhelden oder so.
Ach.
Das meinst du.
Hier.
Nächsten Monat soll im Firmenmagazin ein Artikel darüber erscheinen, warum ich diesen Job machen wollte.
Danke.
Hm... Den Grund hast du mir noch nie erzählt.
Willst du es wissen?
Erzähl schon, wenn du so scharf darauf bist.
Hihi... Ausschlaggebend war...

... die Superhelden-Show!
Das ist eine ziemlich banale Standardantwort.
Argh!
Na ja, diese Show sah ich...
... nachdem ich mich verlaufen hatte.
Nachdem du dich verlaufen hattest?
Ja.

Nachdem ich umhergeirrt war und wegen des Hitzschlags das Bett hüten musste, war es, als klaffte ein Loch in meinem Herzen.
Dass ich euch vergessen hatte, ließ mir bestimmt unbewusst keine Ruhe.
Meine Mutter konnte das nicht länger mit ansehen und nahm mich mit ins Einkaufszentrum.
Kyaah!
Wah!
Los!
Gebt alles!
Red!
Dort fand zufällig gerade eine Superhelden-Show statt.
LÄRM
LÄRM

Der Bösewicht hatte die Hauptfigur Red in die Enge getrieben.
Seine Gefährten kamen ihm zu Hilfe.
Sie nahmen sich an der Hand und kämpften gemeinsam.
Diese Helden waren wirklich cool.
Sie strahlten.
Ehe ich es merkte, war ich total von der Show gefesselt und feuerte sie an.

Red wurde von seinen Gefährten gerettet...
... und ich wurde von diesen Superhelden gerettet.
Seitdem bewundere ich Leute, die andere zum Lächeln bringen können.
Ich wünschte...
... er, der immer weint...
... hätte das auch sehen können.
Wah!
Wah!
Dann würde er bestimmt...
Huch...?

Wer ist denn »er«...?
Das hat mir den Anstoß gegeben.
Allerdings hab ich es nur zum Eichhörnchen geschafft und nicht zum Helden!
Hahaha!
Aber ich bin froh darüber, denn dank dessen habe ich dich wiedergetroffen.

Rei...?!
Du bist ein Held!
Hä?
Du bist der Held, der mich gerettet hat.
Geret-tet?
Ich? Wann?
Hihi.

Von Anfang an!
Hah...
Ah... Hör mal, Rei!
Ich würde gern diese eine Sache machen...
... die ich mal erwähnt hatte.
Welche Sache?

Hm...
Du weißt schon... Ich sagte, ich würde es auch für dich machen, aber am Ende bin ich nicht dazu gekommen...
Ach...
Was? Das willst du für mich tun?
BEGEISTERT
Au ja!
Bitte!
J... Ja...
Hah...
TSCHUPP
Huff...
Mh...
Mh...
Hah...
TSCHUPP
TSCHUPP
TSCHUPP
FLUTSCH
Mh...
Huff...

Mh...
TSCHUPP
Hff ...
FWUPP
Mh...
TSCHUPP
Mmh ...
Hng!
Hff ...
HUST
HUST
He, alles in Ordnung?
Hah...
Geht sch...
RÖCHEL
HUST
Du musst dich nicht überneh-men.
Mmh...

Wir haben alle Zeit der Welt.
Versuch es beim nächsten Mal wieder.
Rei...
SCHNIFF
Selbst in solchen Momenten bist du verständnisvoll...
Außerdem kann ich mich nicht länger bremsen.
Ich will ihn reinstecken.
Rei...
Hah...
Hah...
Ah!
Ah!
Hah...

BATSCH
Rei...
Wa...
Hah...
Ah!
Hah...
BATSCH
Warte...!
Hah...
Uh...
Wah...
Ich kann nicht warten!
Ich komme gleich!
Hah...
Wa...?
So schnell!
PAMM
Hah...
Ah!
PAMM
PAMM
Uwah!
Hah...
PAMM
PAMM
Aaah!

STOSS!!
Wah!
ZUCK ZUCK
ZUCK
!!
Wir haben alle Zeit der Welt!
Also genieß es auch länger!
RUBB RUBB
HNNGG

Ende

Nachwort!
Vielen Dank, dass Du »Die Rippe des Adam Band 2« zur Hand genommen hast!
Damit ist »Die Rippe des Adam« abgeschlossen!!
Juhu!
Das macht mich unendlich traurig… Ich hätte einige Persönlichkeiten gerne ausführlicher beleuchtet.
GNAAH!
Dann wäre es aber kaum noch ein Boys Love. Das darf ja auch nicht sein…!
Vor allem zu Beginn der Veröffentlichung sagte meine Redakteurin zu mir…
Das ist ein BL! Es braucht mehr Romantik und Erotik!
Das muss Herzklopfen verursachen!
Aber nach dem letzten Kapitel sagte sie dann…
Okay …
Statt der Romantik steht nun eher die menschliche Zuneigung im Vordergrund… Tut mir leid.
Passt schon.
Hä?
ihr HertZ
Ich habe es als meine persönliche Herausforderung betrachtet, die verschiedenen Persönlichkeiten so zu zeichnen, dass man sie unterscheiden kann, sowie die Verwirrung beim Tausch darzustellen.
Besonders Mutsumi und Shiki.
Das hat mir wirklich Spaß gemacht, darum fällt mir der Abschied umso schwerer!
Es ist unterhaltsam. Das ist absolut okay!
Redakteurin U.
Sie hat mich über den grünen Klee gelobt!
Wie lieb…
Aber ich kann auch mit voller Überzeugung sagen, dass ich hier ein fabelhaftes Werk geschaffen habe. (Eigenlob stinkt.)
Ich bin froh, dass ich die Serie ohne Zwischenfälle beenden konnte. Vielen Dank, dass Du mein Werk bis zum Schluss gelesen hast!
Bis irgendwann!
Mein besonderer Dank gilt meiner Redakteurin, der Redaktion, dem Designer, Frau A. und Herrn K.

Die Rippe des Adam

ist ein japanischer Manga, der originalgetreu von »hinten« nach »vorne« und von rechts nach links gelesen wird! Schlagt das Buch also »hinten« auf und blättert Seite für Seite nach »vorne« weiter!
Auch die Bilder und Sprechblasen werden von rechts oben nach links unten gelesen, wie es in der Grafik gezeigt wird!
HAYABUSA wünscht gute Unterhaltung!

HAYABUSA

Aus dem Japanischen von Diana Hesse
ADAM NO ROKKOTSU

First published in Japan in 2020 by TAIYOH TOSHO
German translation rights arranged with TAIYOH TOSHO through Tuttle-Mori Agency, Inc, Tokyo
Redaktion: Cordelia Suzuki
Herstellung: Maria Niemann

ISBN: 978-3-551-62157-3

LOVE THE FALCON
www.hayabusa-manga.de
www.carlsen.de
hayabusa_manga
HayabusaTweets